宁夏诗歌学会丛书

风缘

常越 著

轻风为伴，走过了夏天
走过了夜晚，并且爱上了浪花
我相信冥冥中的一种力量
有一种不能诉说的神秘
就像不能说出风的形象一样
把漂泊的浪花折叠起来
挂在豌豆上

黄河出版传媒集团
宁夏人民出版社

图书在版编目（CIP）数据

风缘 / 常越著. —银川：宁夏人民出版社，2016.9
（宁夏诗歌学会丛书 / 杨梓主编）
ISBN 978-7-227-06431-2

Ⅰ.①风… Ⅱ.①常… Ⅲ.①诗集—中国—当代
Ⅳ.①I227

中国版本图书馆CIP数据核字（2016）第224803号

风　缘　　　常　越　著

责任编辑　陈　晶
封面设计　伊　青
责任印制　肖　艳

黄河出版传媒集团
宁夏人民出版社　出版发行

出 版 人　王杨宝
地　　址　宁夏银川市北京东路139号出版大厦（750001）
网　　址　http://www.nxpph.com　http://www.yrpubm.com
网上书店　http://shop126547358.taobao.com　http://www.hh-book.com
电子信箱　nxrmcbs@126.com　renminshe@yrpubm.com
邮购电话　0951-5019391　5052104
经　　销　全国新华书店
印刷装订　宁夏精捷彩色印务有限公司
印刷委托书号　（宁）0002542

开本　889mm×1194mm　1/32
印张　5　字数　140千字
版次　2016年9月第1版
印次　2016年9月第1次印刷
书号　ISBN 978-7-227-06431-2/I・1659
定价　26.00元

序：一生最亲密的情缘

常惠琴

女儿常越要我为她的第一部诗集《风缘》写序，我先有点惊讶，怎么不请诗人、评论家写呢？听了她的理由，我不敢不写，心里也非常欣慰。有人说，诗是最好写，也最难写，又最难评论的，所以我就不谈她的诗了，只回顾一下我们母女的生活往事。

常越性格倔强，淘气胆大，像个男孩子一样长大。她小时候，由于我工作太忙，顾不上她们姐俩的吃喝，两个孩子经常在家门口饥肠辘辘地等我回去做饭。常越就爬上墙头，翻进小院，从鸡窝上跳下来，给姐姐把院门打开，捣鼓一些吃的。家里的鸡饿得乱叫，她就和几个大男孩跑到田里捉蚂蚱，抓毛毛虫，还竟然放到学校女老师的办公桌抽屉里。过年杀鸡时，她就拦着哭闹不让宰杀。家中的大公鸡中毒身亡，她和姐姐为大公鸡制作了花圈，还写了挽联。她经常到黄河浅滩捞鱼，弄得像个泥猴子，感觉我脸色不对，就爬到沙枣树上不下来，一边还做着鬼脸，让我哭笑不得。之后，她就乖乖地在家里帮助我做饭干家务，等我气一消，就又和男孩子们玩成一窝蜂。直到再大一些，给她穿上裙子，梳起小辫，我带的学生们这才惊讶地问我："常老师，你家娜娜原来是女孩子呀！”

常越的爱好是读书和睡觉。两岁多时，她只有听到故事才肯入睡。哭闹时，只要有一本小人书，她便立马安静下来，看着小人书上的图画和文字，神情那么专注，有时候惊讶，有时候恐惧，有时候咯咯咯地大笑。上小学二年级时，我给她订了《儿童画报》，她一遍一遍地读，把杂志翻得卷了边儿。随着年龄的增长，她读《儿童文学》《少年文艺》《十万个为什么》《钢铁是怎样炼成的》《悲惨世界》等，还有我国的四大名著，也读席慕蓉、三毛、汪国真、琼瑶、冰心、张爱玲等名家专集。白天，叫她吃饭，她在看书；夜晚，该睡觉了，她躲在被窝里用手电筒偷偷看书，为此挨过我的不少训斥。

初二的一个假期里，她闭门不出，读完了家里的《小说月报》《人民文学》《小小说》等，又翻看《瞭望》《宁夏日报》等报刊。家里的书不够读了，就带上饼子去图书馆，一看就是一天。看书累了，回家就大睡一觉，谁也别想叫醒她。常有同学叫她出去玩耍，都被她拒绝了，难怪同学说她最大的爱好是读书和睡觉。可以说，是书籍陪伴着常越度过了儿童和少年时代。

常越是有些艺术天赋的，自幼爱好画画。上小学后，她的蜡笔画、水彩画、工笔画，常常让老师赞不绝口。二年级时的画作《大公鸡》，荣获石嘴山市少儿美术作品大赛二等奖。七八岁时，看了电影《红烛泪》回到家，就在水泥台阶上用粉笔画出女主人公，画得惟妙惟肖，得到姥爷的一番夸奖，还常常提起。上高中时，她 16 岁，在班里担任文体委员，在学校担任校刊插图编辑，承担每周一期的学校板报报头、插图等任务。在学校艺术节上，她的剪纸作品《十二生肖》和铜版画《沉思》荣获二等奖，她的舞蹈《天竺少女》荣获一等奖。她的作文在班里总是优秀，被当作范文朗读。并在《石嘴山日报》《煤炭文学》《贺兰山》等报刊发表散文和小说作品。

那时候，我心想：常越以后会沿着文学之路走下去。高中毕业，常越考上了宁夏大学公共关系大专班。可是家里经济条件不允许，她只好默默地擦掉眼泪，把录取通知书悄悄地塞进了抽屉里，装作毫不在意，没有埋怨家长半句。这件事成了我心中的遗憾。而她从此告别了上大学的梦想，那是一种怎样的打击啊？她在我面前不说什么，在一幅画作中袒露了心迹：一个少女侧着身子，长发被雨水淋湿被狂风吹刮，露出很小的半边脸，双腿却依然坚实，顶着狂风暴雨奋力前行，点点水珠从空中往下飘落，是雨滴，又像是泪珠……我想给她找个固定工作，让她安心生活，可是一纸文凭难住了我。常越看到眼里记在心上，下定决心，不让我再受奚落和委屈，用勤劳的双手自己闯荡天下，去创造美好的生活。

常越心痛过、悲伤过，却没有一句怨言，而是挺起脊梁往前走去。她从事过多种工作，经历了风风雨雨，但她始终微笑着面对生活，照顾家庭，孝敬公婆，瘦弱的肩膀承担起一个女子不能承受的重担。二十多年过去了，她付出了青春岁月，也付出了心血汗水，终于冲出生活的窘迫，有空眺望一下远方，浇灌她种植在心中的种子，让诗又一次萌发并且抽枝展叶。2010 年，常越再次开始写作，她不想因我的人情关系发表作品，便用网名“蝶舞梦荷影”“影儿”，把作品投向网络，并担任城市达人三个文学社的管理员。她每天都写，编辑并点评文友的好文章，相互交流学习。2013年，石嘴山市文联集中为几位青年作者在《贺兰山》上发表作品小辑，并召开作品研讨会，常越有幸成为其中的一员。市文联推荐她参加了宁夏文学艺术院的研修班，给我打电话说是茅塞顿开，受益匪浅，之后，她加入了宁夏诗歌学会和宁夏作家协会。2015年她被聘为《贺兰山》诗歌编辑，她把老师对她的鼓励，转化为对诗歌新人的扶持，甘愿为新人做好嫁衣。

感谢宁夏诗歌学会，能将常越的诗集《风缘》列入丛书，公开出版发行，这对她来说，该是多么大的激励啊！

作为母亲，我相信女儿常越：她这些年的工作经历、顽强的生活勇气和坚定的人生信念，自然会在作品中有所流露，并使她的人品和作品具有了一定的境界；我相信女儿常越：在今后的人生路途上，她会珍惜时光，刻苦读书，写出更多更好的作品。

不知是修行了多少年，今生我有幸与常越成为母女作家。她是我身体内的一脉脉血液，是上天赐给我的、比生命更珍贵的礼物。成为母女，是我们一生最亲密的情缘。

2016年初夏于石嘴山

目录
contents

卷一　一花一世界

卷二　聚散皆为缘

卷三 心在山水间

卷一

一花一世界

一草一木（六首）

种子

瞬间颤动的花瓣
显得纤弱，可一丝丝细微的裂痕
向整个花朵延伸、弥漫
把种子一点点举起

种子离开了，在风上
在呼吸，在想象春天的美
像蝉，褪去身外之物
倏然飞走，不管飞到哪里

风中的种子

不是喊我，是风中的种子
可以确定，它在
是漫天飞舞的一种存在

我拉开窗帘，与我恍然隔世的水汽
身着绿裙，纷纷喷起
我听见它的声音，不是喊我

故乡沉睡在身边
我脖颈上的猫眼石闪现出灵光

白云掉进了小河，月亮已碎
它在，它无处不在
它需要水，爱与被爱
羞怯时像戴着草帽的花蕾

当它展开翅膀的时候
毛茸茸的星星顷刻落满大地
我抚了抚小猫的耳朵
竖起来的却是旋风

雾中的青草

清晨的雾，遮天盖地
应该是一片片弥漫而来
可我觉得一瞬间就淹没了这座小城
我无法看清前面的路
还有房屋、树林，湖泊上空的飞鸟

我愿意想起柠檬汁的味道
每天经过的这片草地
雾中的青草比花还美
朦胧的绿让我感觉十分亲密
是的，青草不在乎雾的来去

今年枯萎了，明年
还会在枯草的缝隙中
萌发轻细的新芽

草尖上的露珠

离去之前，水声潺潺
云朵飘荡，故乡留在身后
流浪的故事还在耳边
我从不怀疑春天
青草和泥土谈论着爱情

是的，我从凌晨的梦中醒来
仿佛饮了一杯草尖上的露珠
村庄的泥土铺向天际
曾经的雾已不再缥缈
而在我眼角凝结的泪
闪着乡愁的光

一棵树

天晴以前，呼唤自己的声音
和雨丝一样辗转起伏
落叶纷纷离开树梢
我听见牵牛花和向日葵的告别

雨仿佛停了，就会赶路

我的耳朵里慢慢长出一棵树
春去秋来，一些汗水和忧郁
留在远山的小溪旁

绿叶

绿叶的下面
有一朵含苞欲放的花朵
我静静地看着花朵
缓慢而从容地盛开
西风一次次吹冷了我的肩膀

绿叶，纷纷抖动起来
有一片落在草地上
好像睡醒的蝴蝶
我留不住它
也不知道它要飞向哪里
但我听见了它的低语

夕阳西下，染红了绿叶
树林里满是倾斜的余晖
遮住了贺兰山的眼睛
谁会知道这里发生了什么

花季（五首）

芍药花

捡几瓣公园里的芍药花
把五月的绚丽留在丝绢
苍白的心因而得以充实
七夕不会太远

锦上的芍药花安静而立体
花瓣围在一起又徐徐绽放
一个下午，我与清风相处
真想醉眠于芍药花旁

完成一幅独特的绢画
我究竟应该如何珍藏
才能避免丰饶的命运
和我一起背井离乡

马兰花

我决定让马兰花再复活一次
让肩膀长出了炫紫色的闪电

扑棱棱地飞向村庄后面的麦垛
扇一扇升起的炊烟
我侧脸迎接烈焰下的伤口
执迷，毁灭，西部的牧歌
响彻在死海的彼岸

马兰花不知道自己是卑微还是高贵
只是每到五月都会盛开
马兰花不管人们欣赏的目光
一直把笑脸迎向阳光

是的，我需要储备六月
把白马喂饱，把牛羊关进栅栏
让我的七月如一块金子在夜里闪光
献出我的爱，驱散无边的忧伤

野菊花

雨后的山坡，野菊花
随意分散并且铺满
像是一群熟睡的孩子
连呼吸也是浅黄色的稚嫩
有风经过，带走轻柔和温润

比牵牛花略大的野菊花
经历过风吹日晒
只因一滴清泪

便绽放出生命中全部的热情

我没有靠近山坡
那金黄色的花瓣会触动我
隐藏在心底最深处的伤痕
秋雨渐冷，淅沥不止

百合花

夜深了，我却不能入眠
像窗外的星星呵护夜空
任凭思绪飞驰而去
想到家里的一束百合花
我分明感到百合花发出颤抖的声音
一种轻到不能再轻的气息
渐渐露出洁白的花蕊

有什么比花开更慢
慢得令人无暇欣赏一朵花开的过程
感受着琼楼玉宇的静谧
今夜，我与很多事物
都在一种慢里

雨荷

黄昏，寂静无语
雨落纷纷，洒落珠圆玉润

在千层万层的荷叶间，花蕊沉醉
一个个笑靥荡漾湖中
一波波涟漪触及我的影子
在一回眸的泪光里
在一转身的不舍中

多彩的羽毛（六首）

蝴蝶

没有雏菊的肃穆
不是悲泣纷飞的纸钱
只是四处游荡的蝴蝶
看不见彼此
也不知道要去何处

有时候，它们很可爱
如颤动而摇曳的火苗
来不及躲闪
排队藏在松柏的后面
甚至围着绕着我

它们偶尔也会亲切
召唤我们欣赏美丽
然而，在启程之前
我要向飞在前面的蝴蝶
庄重地说声谢谢

羽毛

天空只剩下鸟的羽毛
比鸟飞得更高
直到一束束的阳光里

山峰凌厉，树木挺拔
无脚的鸟在风中长大
爱上了风，爱上岩浆迸发的山口

火焰收回天空的鸟
大地的果实裂成许多的碎片
飘零到最初的荒漠

一只雪豹戴着花环
一朵朵莲花在沙粒中盛开
迷人的金光汇聚着泪水

落日把白天放逐
所有的羽毛都像刀剑
被豁开的都是伤口

白鸽

把信鸽放飞
向着阳光展开双翅
把洁白的雪洒在心底

仰望天地间凄美的飘落
是与远方的一次相握
还是收藏了风的瞬息万变

我面对苍茫的田野
宛如面对一张无字的白纸
或许要说的话已被白鸽带走
包括放声唱出的歌
我在郊外，有一种迷路的感觉

不远的小村回荡着水样的年华
已经太久没有来过这里
熟悉的都已不在，一切都是陌生
只有我的手心里
还有一片白鸽的羽毛

瓢虫

披着半圆对称的盔甲
背着对称好看的斑点
缓慢地走着，显得慌慌张张
这只纤弱的七星瓢虫
它是从窗户进来的吗
它能穿越纱窗吗

我欣赏窗台上的花
犹如欣赏一幅油画

我只想让它留下来
可是，有一种奇异的力量
让它腾空飞起
像利剑劈开了整个画面
但我不知道它飞向了哪里

等待麻雀

晨曦，我会轻轻推开窗户
悄悄洒落一些米粒
日暮，我遇到了风
吹开了花，也吹落了叶

过了雨季，迎来大雪
我再也看不见
天空中最纯美的蓝
原来，我一直在等待
窗台上的麻雀

蝴蝶标本

我不过是在发黄的照片上
找到一个已经远去的同学
在黄河沿的芦苇里
捕捉了一只小小的蝴蝶
却突然地笑，突然地哭

如今，我不过是
苍白而安静地去制作
一只风干的标本
没有声息，没有挣扎
然后安置在一个小盒子里

独处一隅（十首）

光阴的后面

枝头的鸟儿脆生生地唤醒
踏歌的步履，跃过寸寸光阴
那绿，满眼的绿，青翠的云
一朵，两朵，千万朵

很多年前，勤劳的农家女
薄薄的面纱之后
是含羞的青眉

想起我的青春

那天，想起我的青春
是一个梦的最后一段
是一声声无所顾忌的欢笑
浪花和忧愁，曾是我的全部

现在，我喜欢长长的道路
黄昏的灯光一盏一盏亮起
岁月透亮而又清晰

我轻轻站在夜的低处
远处的风吹过了
缄默不语的草地

是梦是醒

我闭上眼睛
原本有一小片冰蓝色的天花板
顿时成了绵羊般起伏的山坡
马兰花漫山遍野

我独自走在旷野数着星星
脚步轻盈如水
从山这边到山那边只在呼吸之间
几朵白白胖胖的蘑菇云
在小河里荡漾

我知道月光轻柔地洒在地上
不知道熄灭床头的绢灯已有多久
更不知道自己是梦是醒
心头波涛汹涌，大鸟云集
黄土高原，万马奔腾

停止想象

十六的月亮
在今夜种植了一大片心事

让我想起雅鲁藏布江的神圣
一半是江水
一半是江水上的火焰

没有人愿意停下美好的延伸
即便是在伸手不见五指的深渊
也有一双向往的眼睛
朝着星辰升起的方向
久久地凝望

静坐在角落

岁月枯瘦成纤弱的紫藤
妖娆地盘起美丽的发髻
在午后改变着枝叶的方向
几只麻雀在屋檐上呼唤着同伴

我本想临摹窗外那位执伞的女子
阵阵秋雨却淋湿了不尽的繁华
独处的时候可以倾听花开的心事
我久久地静坐在角落
直到一缕阳光涌进窗来

一本书

喜欢你，展开一卷宣纸
和哲学书籍分开放在高处

那些深浅的笔墨让我痴迷
当郁热的空气逐渐退去

月亮升起来了·
你就豪饮了一碗酒

书房成为硝烟弥漫后的长安
英雄们快马加鞭

溪边浣纱女，晾晒着眺望
不安和失眠，逃之夭夭

秋夜之忧

有时候忧伤会无故漫上心头
回首间，叹息美好时光不会重来
只好寄予希望于未来
稳步向前走去

可我越走越慢
还常常俯下身子
为一只避雨的小猫感到欣喜
因一声鸟鸣而热爱生活
给路过的人报以微笑和祝福

在这样如水的秋夜里
只要我心田星辉照耀

就不管会有怎样的风雨
我喜欢的寒梅与雪、丁香和雨
依然四季盛开

恍惚之间

我不止一次地打开房门
屋外空无一人
我把房门关紧
还能听见敲门的声音
一次比一次轻一些

恍惚之间，我独自走在夜里
不辨东南西北
黑暗的尽头会是什么
会有太阳照常升起吗
没有人回答我
只有影子在我的左边
紧紧跟随

慢慢的，我慢了下来
乌云后面的星光
湿漉漉地洒在了我的身上
黑夜渐远，有风吹拂
正是敲门的声音

答案

当我呼吸不到清新的空气
喝不到纯净的水
得不到阳光的照耀
找不到碧绿的草原和蔚蓝的湖海
还会有迷失其中的森林
相依为命的飞禽走兽吗
我会怎样？我的亲朋好友又会如何

这一切都是为了什么
我耗费太多的时间
都没有找到答案
好像并不是草蛇吞象
那么简单

点亮天地

车站的汽笛突如其来
我的黑发不知不觉地泛起了浪花
在古旧的铁皮小屋里吹响一只口琴
我想起远方的一个朋友

千山暮雪的尽头，让冬眠
持久蜷缩于另一种蜿蜒里
也许，我会获得燃烧的白玫瑰
低头闻闻花开的芬芳

距离天堂最近的翎羽轻轻飘落
几朵水晶花盛开在来生的路上
我从抽屉里拿出一支蜡烛
点亮了整个天地

行走一万里（十首）

青石阶

我独自坐在武当庙的青石阶上
被风吹来的落叶
一片又一片，自然而平整

风突然停了，连同整个树林
都静得可怕，并且逼着阳光
轻轻地退了一步

石狮子

有时，我会停下来
看一会儿公园门口的两个石狮子
一左一右，静静地蹲着
不知道蹲了多少年

一对石狮子被大门隔开
但隔不开它们望着前方的眼神
它们被日晒，被风吹，被雨淋
但互相没有远离一步

岩画

东胡、匈奴、鲜卑，来到山上
他们把生活凿在石头上
祭祀一番食人兽、人面像和太阳神

突厥、契丹、女真，离开大山
汇入长河，但开在岩石上的花
仍有一丝丝不断的血迹

四月

绿叶渐渐密集起来
一朵白云停在午后的街头
路边的砖缝里开出一朵朵小黄花
一阵阵微风拂过脸颊
我只轻叹一声
飘摇的雨滴落入草丛

雨啊，请再大一些，让风吹斜
让我把所有的忧伤拧成一股井绳
吊起沉在水底的四月
重温五瓣丁香怒放的幸福
还有透过一滴水的阳光

黄昏蜿蜒

穿着高跟鞋进了山
我愿意跌跌撞撞
在胭脂峡的传说里
和画家一起冥想构图

走过水路，芦苇拨动心弦
一条迷路的小蛇钻进草丛
最初的梦想蜿蜒成黄昏
淡淡的霞光
落在每一个草心上

长街的雨

入秋的时候，天空漂游着
一朵朵憔悴的乌云
落叶在波涛中渐渐远去
难以忘却的欢喜
从稀疏的树枝间
漏下一片片支离破碎的天

白鸟飞过，闪电一般
一夜之间，枯叶溢满长街
红墙一如既往，寂静而庄严

胆怯依旧，像一颗石榴
颗粒蜷缩一团

下雨了，我缓慢地走着
我的围巾已经湿透
在这样迷蒙而漫长的街道
能否停下来，听听雨滴
却怕听见雨打落叶的声音

好像

我好像梳理了月光的长度
说话的音量已经关得不能再小
熟悉的曲调是不是来自天外
覆盖了世间所有的嘈杂
阳光明媚，百鸟齐鸣

我好像登上了一个云梯
感到一种从未有过的轻盈
四周的云朵棉花般的柔软
簇拥着我，也盘旋着我
我迎着橙色的光线，向上攀登

也许一只脚迈过古寺的门槛
另一只脚还在滚滚红尘
在进退取舍之间
被温热的手臂拉了回来

一个十六七岁的女孩打着油纸伞
蹦蹦跳跳地走在雨中

小小的梦

是这样，在没有月亮的夜晚
有些落下的和未落下的雪
一定是在纷纷扬扬的时候
蛊惑了我

不然，千朵万朵的雪
我怎么会捧住最迷人的一朵
还没到冬季，怎么就下起了雪
不过，才一会儿就不见了
就像一场小小的梦

雪中独行

来往的人们隐隐约约
远处传来略带苍凉的钟声
街灯燃起连绵不断的锦带

我的肩上落满了雪花
有一种感觉就叫恍然隔世
天籁之音不再遥远

人群消散的时候
我不由得护紧胸口
每走一步就会融化一朵雪花

雪飘田野

风中的雪花沙沙作响
我只是散步，怎么就走到了城外
冬眠的土地被雪覆盖
一片洁白，田埂上的小树
透出几缕灰褐的颜色
不远处，一个红灯笼
挂在一座民宅的房檐前

我只是怔怔地站在原地
站在看不见夕阳的时刻
站在雪花飞舞的田野
但我不知道该说什么
似乎不管说什么
都会随风而去

天南海北（十首）

火炉

在无眠的夜里，我仰望着
流星滑过瞬间的美丽
曾经喜欢过的那朵白云没有出现
风中轻轻飘落的树叶
依偎在季节的门口

我多想搭一个草堂靠海而居
就着浪涛，狂饮一顿西北的烈酒
点燃心中的火炉，然后抛向大海
接着昏睡百年

当小鸟鸣叫的时候
耳边传来波涛的歌谣
我透过窗户向外张望
是否，我还在北戴河
海面上又一次掀起了万丈光芒
一个火炉在水面跳跃
点燃一颗难舍的心

一抹霞光

需要怎样黄花才不会瘦去
如此，我的手
可以抚摸渐冷的秋
一抹霞光，说淡就淡了

总不能唤回南飞的大雁
去怀念漂泊的烟雨
还有那片红如火焰的枫树林
从高高的山冈，点燃
每一条必经的路、流经的河

在最黑最暗的夜里
在香山下，我循声而去
青绿、火红、枯黄……
一片接着一片，天亮了

云烟

一座山峰，在云中
苦思冥想着另一座山峰
沉入潭底是如何的重生
一粒尘转瞬成灰
一朵雪刹那成雨

经过山路的时候
我如云雀，展开心灵的羽翼
不肯凋谢的三色堇
黄的、白的、紫的花瓣
放飞身边的云烟

一块石头落入老龙潭的山涧
带走我的忧郁和孤独
沉没于深深的崖底
陪伴身边的松果度过冬天

已是黄昏

长河日夜不停地流淌
一天又一天，一年又一年
我从一场梦中醒来，已是黄昏
树木繁盛之后，是天空的广阔
浪花冲走并行的足迹
握不住的流沙
与岁月同时松手

当我懂得了爱与被爱
轻风吹拂着心事
秋叶凋零，是另一种凄美
大地展现出金子般的荣耀

我怎么会站在黄土坡上
谁会到达这里
谁又不会从此经过

水与火

若是海水能够燃烧
渐渐地翻越山峰
一种耐心的等待
会不经意地浮出水面
一株浅紫色的睡莲
在月光下澄澈入梦

想象海水的燃烧
烈焰升空，融化了乌云
天地燃烧之后
是无边无际的大雪
渐渐融化的小溪
轻轻流淌的芬芳

云和海

流星和草叶上的露珠
转瞬即逝也是一种美好

你前往铺满花香馥郁的山径
分辨不出，指缝划过风的回音

我在沙滩上抚摸紫贝的轮廓
飘忽的思绪在衣襟里安睡

云和海的相遇是寂静中的寂静
瞬间发生的事情来不及诉说

只是那片洁白的云朵
从此，倒映在海的心上

站在海岸

我望着一叶白帆
一直凝神地望着
天空的云一下子落入海洋
海水似乎颤动了一下
蓝得令人恐惧
我抚摸着苍白的脸颊
心里盛满苦涩的海水

白帆驶向夕阳，并被带走
海鸟掠过海面，飞向山崖
渔船归来，人们满载而归
我仍站在海岸，潮水已没膝盖

我想成为一条大鱼
像夸父一样追赶太阳
又想成为另一叶白帆

找回迷失于大海的星群
一个浪头把我推上沙滩
又被一阵风卷进红尘

梦在雾中

大地忽然清晰了许多
给我的等待投进一丝光亮
我束起长发的波浪
在万里云层之上
一边落泪，一边飞翔

塞上的蒲公英
高举着金灿灿的脸
把我带到黄河岸边
说些别人听不懂的话
饮下几杯洗尘的酒

在京城的雾中
在回家的飞机上
我就这样不顾一切地飞翔
雾中看花，水中望月

洁白的云朵

在丽江的一个客栈
一米阳光的吉他声

让我看清天上洁白的云朵
还有莫名的一种孤独

身边的人谈起了故乡
谈起岳飞、贺兰山、西夏王陵
我翻看着手机上的照片
每一张都有些凝重

塞上的山川发生着变化
平坦的长河不舍昼夜
多少年来就是这样
我有时会忘记家乡
只是疲惫地生活
仓促地过着每一天
有时会想起，我就仰起头来
望一望蓝天
一只只燕雀低低地盘旋

地铁通道

到处都是匆忙的游客
在异常喧闹的地铁通道
只有你，执着热情的眼神
让我想起亲人
海棠和玫瑰在路边盛开
我低下头，花香萦绕

山海关的城墙高入云霄
一种迟来的敬仰，让我站立
我用手掌遮住耀眼的光芒
在阴影下，青春绽放

给我一个斜阳照进的窗台
把一路风尘安放在木椅上
给明天一个步步生花的理由
对相遇郑重地道一声晚安

七彩云南（十首）

石桥

暮色中，石桥如月
百年的时光竟然如此清澈
溪水低语，杨柳招手
每一天，有多少纳西女人在桥上走过

就有多少晾晒的衣衫和饭菜的浓香
小孩子的贪玩和责骂，在青石板上
叮咚叮咚！一寸寸地凉
直到如水的月，漂在桥下

有人点着灯笼，轻手轻脚
有人念念有词，是默诵还是祈祷
一次一次的牵挂和想念
随着玉泉河缓缓流走

是的，我要从桥的这边走到那边
只是不愿走得匆忙
在晚秋来临之前
我要在这里停留片刻

三道茶

小心地将小陶罐置于火上
再将青毛茶叶撒入罐中
一边烘烤一边抖动
被烤烫的茶叶变黄
发出焦涩味，才冲入开水
细小的水泡在陶罐中沸腾

轻轻撇去浮沫
再将茶罐放在火上
把核桃片和红糖放到茶盅

经过沉淀，过滤杂质
然后添加姜和花椒
清澈透明的茶水
就有了很多的味道
唇齿相依的三道茶
有点苦，有点甜
还有一些回味

古镇的夜晚

在丽江古镇找一家小酒吧
依山，门前小桥溪水
纳西族的东巴文字牌匾

摩梭人的披肩和木雕工艺
还有叫卖声汇成的波光粼粼
我在倒影中看你

古镇的水叮咚着夜晚
古朴的青花石子路
依然跳跃着藏歌的悠扬
那水，清澈中的往事
那路，茶马古道的轮回

如果马帮在路边歇脚
带刀的侠客匆匆走过
我会在青石板上挥手和眺望
纸样的灰色屋顶
残缺的一角
把这个渐暗的夜晚
装订成册

金花

“下关风，上关花，
下关风吹上关花；
苍山雪，洱海月，
洱海月照苍山雪。”
我多想是那白族姑娘会唱歌
一朵金花悄然绽放

方巾上绣满了山茶花
飘飘洒洒的白樱穗羞红了脸颊
我多想是一只蝴蝶
围绕在你身旁
飞过茶宴的芬芳

可曾听过百年木莲的传说
可曾记起南诏的沧桑
大理，风花雪月的天堂
是那美丽的金花

向我跑来的马

玉龙雪山的脚下
一匹黑马向我奔来
纳西族男人，呼唤脱缰的黑马
我的身后就是草原
小黄花教蝴蝶如何飞翔
我一路走来，心里满是芬芳

冲破栅栏的黑马
它和我一样被困
此刻，细雨纷飞
马鞍上的雨披染上了暮色

黑马站在我的面前
仿佛前世相识

它的双眼透出祥和的光
使冷峻的雪山渐渐变软

不知名的湖

清澈见底的湖
也许千年，也许万年
依靠湿湿的木桩
淋了多久的雨
我与一汪湖水对视

掬起一捧湖水
手心便有了鱼的模样
我问自己，流经寒暑日月的湖
如何不再向前

在山的那边，有欢笑的村寨
歌声穿越湖泊上空的云
那些失散的月亮与星星
串成湿漉漉的东巴文字
在山下，爱情开始了

摩梭人从源头找到这里
走进榕树的枝繁叶茂
就好像，我的头顶长出一只鸟
飞到这里寻找湖中的鱼

遥望洱海的人

缥缈两岸的烟雨
移动，又恍惚了眼帘
南来北往的人
与洱海一次次相握

握着，不松不紧地握着
犹如水中的海草
在细雨中
毫无戒备地漂到岸边

都说，无雨的夜晚
洱海的明月
倒映着玉龙雪山
酣睡在摇晃的碧波里

为何梦醒后总有失望
八月未至，我就开始冥想
独自的身影和故事的情节
海水真的比雨水还凉

曼妮泰寨和芒果树

青青的枝叶
硕大的芒果，在曼妮泰寨的木屋前
只是时候未到，还正青涩

这里的女人长得相似
炫耀的银腰带、银手镯
缠绕她们的幸福

踏进阁楼的厅房
盛水的杯子，银光质朴
像回到自己的家一样

白白胖胖的汉族男子
若想留下来，干上三年苦力
姑娘才会笑成熟透的芒果

纳西族的女人

人们说，娶了纳西族女人的男人
是世界上最幸福的
懂得琴棋书画烟酒茶
却不懂妻子的汗水
还有布鞋上的泥巴

纳西女人疼爱丈夫
如同溺爱孩子
高大黝黑是她们美丽的标志
她们披星戴月，快乐地劳作

清晨的露珠，淋湿长发的乌黑
待到白头，满足的笑容里尽是沧桑
在一个走不动路的中午
吃一口软软的菠萝米饭
然后在街口打打瞌睡
晒一会儿暖暖的太阳

殉情的圣山

开满鲜花的地方，漫天星光
是情人们相依的眼眸
“白鹿当坐骑，红虎当犁牛；
野鸡来报晓，狐狸做猎犬。”

他和她走过七天七夜
也要来到爱情的天堂
生命，哪比得上誓言的悠长
男人不会怯弱，女人才会决绝

久命和羽排
是爱神居住的十二欢乐山
唱着情歌，在霞光照耀的悬崖
跃入世外的桃源

牵起骏马，走到不能再走
屋檐下，祝福爱情的盛宴
忘记鹰的翅膀

要飞过高山和大海
彼岸的灯，亮着

红土地的血色始终如一
没有人看见神
却有如雪的爱成了经文

吹不散的幻想（七首）

轻风为伴

豌豆花开出了葡萄的紫
细雨之后，枝头挂满了一窗青果
倾斜的银光下，芬芳将我笼罩
我还可以虚度光阴
走出房间，走过坠满青藤的篱笆

当太阳升起的时候
我感到了湖水里的影子
缤纷的花环戴在我的身上
轻风为伴，走过了夏天
走过了夜晚
并且爱上了浪花

我相信冥冥中的一种力量
有一种不能诉说的神秘
就像不能说出风的形象一样
把漂泊的浪花折叠起来
挂在豌豆上

风和幻想

我真的不想要什么
能割舍的都在身后
我走在回家的路上，只要幻想
想到风，我就长出无形的翅翼
而被风吹拂，我常会忘了自己

我想是一滴水，哪怕只渗进
一株小草的根里，让我成为那株小草
让花成为我的梦。我面朝东方
静静地站在大地之上
从日出到日落

如何寻觅万物之中的我，并不重要
我已在要与不要之间轻轻穿过
就像风穿过十字路口
此刻，哪怕是大风天降
吹散我所有的幻想

有风经过

子夜时分，窗外的风把我吹醒
一些细碎声音隐藏于风的后面
路旁的小石子依旧沉默
白昼听不见夜晚的风声
风把故乡深深地埋在地下

风，曾经拂过青春燃烧的荒地
一地璀璨的野花举着笑脸
迎来的仅仅是命运的羊群
风，不留痕迹地远远而去
我却望着贺兰山默默流泪

原谅我，不再期待桃花的芳菲
转身走向灯火阑珊处
踏上喧嚣的街巷，迎接风中的渡口
希望遇上亲朋好友
哪怕是擦肩的过客

万亩玫瑰

风，从不能再远的地方吹来
星星也随着明亮了许多
烛火为很少的人数着哀愁
时间以淡淡的墨色和缓慢的速度
渐渐向我走来

我似乎躺在一片草地上
一棵大槐树袒露出神秘的色彩
玫瑰盛开于金秋的原野
我虽然有些疑惑
但终于闻到了生命的芬芳

风，由冷变暖
万亩玫瑰一夜盛开
万条金鱼铺成光的海洋
是秋雨吗？在轻轻敲打生锈的门
门不会打开，恍若黄草不会返青

在哪里

大风过去了多时
莲灯斜照着窗棂
一些鱼类，游进贺兰山的木头里
梦的旁边，出现了一个不大的缺口
可以让我穿过寂静的墙

天，亮在心中
目光穿越这座熟悉的小城
所有的树都结满了石榴般细密的颗粒
眨眼间又冰雹般落下
汇聚成红色的大河

莲之舟起伏于波涛上
由水中的风回旋着
被陆续怒放的浪花簇拥着
只是我不知道自己
在舟上还是在岸边

一片羽毛

一张纸片飘向地面
又被紧贴地面的风旋起
荡漾的云彩里传来哭声
我和大家一样，迎风凝望
站在大地上，让心飞翔

贺兰山神啊，请你庇护
我只在这个时候停留片刻
让丛林的光斜斜地照进来
让我看清角落里久积的灰尘
到底有多深厚

是的，每一个时刻都有安排
哪怕是鸟兽虫鱼
我拉紧了衣襟，仿佛要裹一个秘密
却裹住一个小小的风
如同一枚雄鹰的羽毛

风在我身边

一朵花，一株草，或是一颗石子
我把它们当成亲人，写进诗里
在山脚下、大海边分担着苦难
在路上，在黑夜，在不断的煎熬中
寻找一缕前行的光亮

当它们不在我身边的时候
在缝合并且疼痛的清晨里
它们在我的诗里，以风的形式
以冥冥之中灵魂的神秘
给予我大自然的力量

它们的存在需要风
草长莺飞期盼风的吹拂
只是风顾及不了它们的感受
就不断地奔向远方
但风一直都在我的身边

卷二

聚散皆为缘

月朦胧（七首）

指尖上的春

天空飘起了雪
不为忧伤或是欢喜
坠落往往没有起点
空寂的树林不能容纳爱情
也不能袒露真实的情怀

高处的荣耀被雪覆盖
共同面对来去的命运
是光与影不能分开的昼夜
充满了无邪的力量
如决堤的水匆匆涌来
涌向日月同辉的故乡
春，在我的指尖徐徐展开

雾中的眼睛

雾气弥漫，在拂晓的树林里
清脆的鸟鸣如同心语
独自一人走到夜路的尽头

我惊诧世间力量的产生
一颗星怎样照亮另一颗星

在如墨的河边，在山峰之巅
都能发出巨大的回声
让我在夜里、在雾中
一直不停地行走
只因一双能看穿我今生前缘的
明亮的眼睛

这样的夜晚

疾风吹起劲草
夜晚铺开无边的草原
深蓝的眼眸之后是浩瀚的无边
无人与我同行
前方依然没有一丝亮光

想起无言相对的爱
房檐滴下的水
与任何人都没有关系
只是在这样的夜晚
我才感到那种深入骨髓的清冷

我不再需要什么
只要朝圣，从磕长头开始
遇到的水声都来自天国

我在岸边晾晒明天的衣衫
手捧哈达，等你路过

深秋的月光

落叶灿烂地铺在地上
一对恋人温柔地走了过去
我俯身捡起地上的果实
坚硬的壳里会是怎样一颗熟透的心

月光将我笼罩
谁会陪我走过这样的深秋
我又怎能忘记轻轻牵手的路口
期盼的雪是否已经启程

心怀期待，也感恩今夜
我一下子有了向上的力量
眼前的一切都成了美好
我好像听见了树枝发芽的声音

叶子的梦

那棵树长高了
我每天都去看望
在秋意渐凉的时候
仿佛猛地向上蹿了一下

但有一个树枝断在树干
是被风折断还是另有一只手
我对树悄悄说着
与你说过的话

我告诉每一片叶子
每一次的潸然泪下
如今树上的月和树旁的湖
都是我的影子

知道你会来，即使你来了
也不要大声说话
不要惊动树上的叶子
还有叶子尚未醒来的梦

一分钟

手机的闹钟响了，熟悉的乐声
猛地穿透了我的身影
仿佛一只从天空伸来的手
把我放在这一分钟里
迎接爱神的降临

茶杯

我要在乡间开一家客栈
每天迎来迥然不同的目光

有时，我会端起茶杯
遥想城市的聚散

张望每一个从远处走来的人
是你，多么像你
只有你，我才能把病痛卸下
深埋于夜晚的荒野

一道彩虹会让我大梦初醒
微风拂过杯子，气息缭绕
变幻着今生与来世
窗外的灯火，忽然亮了

有过心动（七首）

约定

起风了，我离天空很近
托一朵祥云，寄给远方的你
落叶飘舞，缘定三生的誓言
在泥沙中陷落成你的模样

我的眼里潮起潮落，凝望着
天边姗姗迟来的一叶风帆
伫立在风中的我
已经长成一棵会落泪的树

向你跑去

芦苇花还没有凋谢
天空还蓝得特别
我在清澈的湖水旁
提着裙角向你跑去
像秋风里那只飞不稳的鸟
羞怯而笨拙

太阳就要落下
大大小小的鸟儿都已归巢
你还是没有前来
而风越来越大
在湖面上掀起
一阵一阵的波澜

想念远方

很多天了
我散步在迷人的气息里
俯下身子，遮住阳光
你就会出来见我

鸟儿和鱼儿交换了思念
一束束目光倾斜成指间的细雨
你的背影从眼前闪过
荡起一圈圈的波纹
并且不断地扩大

我计算着时间
剩下的日夜足够想念远方
暂且把琐事放在一边
把疲倦当做风中的烟尘
一个熟悉的声音由远及近
或许村头的渠水
已经缓缓地流进了夏天

一个时刻

大雪纷纷飘落
零星碎雪在闪闪发光
我像一匹雪白的骏马
在草原上不停地奔跑

沉醉在无边的旷野
另一匹白马席卷着雪花
马背上浮现出一个光影
或许是暗暗心疼我的人

清晨，并没有落雪
散发着麦香和牛奶的香气
望着洒满阳光的窗台
尘封了一个希望的时刻

一抹茶香

多么相似的杯子
或许原本就是一对
质地细腻的白瓷
几瓣茉莉花被开水冲泡
成为一朵朵圆满的绽放
仿佛回到重新生长的山坡
还有村庄前等待的剪影

品味一抹茶香
日子就这样细碎而悠长
我打开封存的信笺
特殊的时刻即将来临
就像落在窗台上的那对喜鹊
呢喃着另一种小小的幸福

转身

说好了，一转身就不再回头
哪怕是再看一眼，再抚摸一次
我的长发，也不可以

就在转身的瞬间，我会悄悄地
串起落在掌心的泪
静静开出一朵朵洁白的小花

默读水岸

顺着指缝游离，就像沙漏
流进时光的银湖
倒映着如雪的苇花

霜起初冬，重温春日的妩媚
寒风带来你的消息
许我停泊在岸边，静静默读

读到一个细节，点燃指尖的落红
惊醒层层波澜，一个个同心圆
一圈又一圈地在湖面荡开

泪花如莲，盛开在我的眼眸
冰封那些刻骨铭心的月光
端坐镜前，青丝镀上如银的脆响

聚散之间（七首）

如影随形

捧起轻柔的纱
如梦似幻的雾，如影随形
独行于秋的城堡，蝴蝶翩翩起舞
落在手心，凝成一个湿湿的吻

熟悉的影，亲切的味道
敲打青春的记忆，越来越近
走到阳光下，站在时间的前面
一个投影盘山而上

告别

疾驰不能停留
奔赴港口的约定
有风的日子，你要慢行

那一定是涨潮的步履
一定是挥手时，舱外
摇晃的灯火，扑朔迷离

风过无痕，潮起寒唇
一层薄薄的雾
徘徊在相思湖畔

千帆过尽，咫尺天涯
我拿什么送你
钟声敲响预订的祝福

琴弦

轻轻梳起一路风尘
挽起发髻，蝴蝶结的静默
今夜，已在青烟中升起
唯有相依，倾听心跳的琴弦

不悔的节拍，演绎悲欢离合
滑音键耀眼如流星
弹指就在一挥间
旋转最美的弧度
化蛹为蝶

即使尘埃落定
心灵也在禁锢间起舞
如果守候注定分离
你是否愿意
送我风中颤动的琴弦

芬芳阵阵

从叙述的语句中走出来
在丁香树下坐了很久
小溪里便流动着阳光
那里面的一个人
和我一起欢笑，一起悲伤

生活继续，述说着来来去去
总有一种离别始终萦绕心头
如阴沉的天空，没有雷声
更不会下雨
只有丁香的芬芳一阵阵袭来
令人痴狂

送别

紫色的小花和绿叶连成一片
我把几个果核种植在土里
起身时，周围的草木好像后退了一点
月光恰好倾洒，悄无声息

月亮斜挂头顶，在我的前面
缓缓走着，比我还要漫不经心
月亮向西，可我要走向哪里
我驻足凝望，月亮却隐入云层

昨夜的月光下，我送别一个朋友
没有长亭，不见古道，也无瘦马
只有两瓶塞上的烈酒
月光如雪，一串足迹向西而去

传说

一些发光的菱形线条
以根的长度为一生的标记
我抚摸喉咙里的火苗
与坚硬的石头一样沉重

孤独的夜空
右手无法解释占卜的符号
由生到死的神秘
一列火车越来越近
从现在开始
前行吧，我们一起

你说，很久以前
流星雨在湖泊中升起
一个缀满钻石的草原

下雨了

下雨了，虽然有点晚
在这个初秋的清晨
我端起一杯茶，想起了你

茉莉花的香气冲淡了岁月
我的手曾和茶水一样滚烫
在火光中映出矜持的美感

那个小城也在下雨吗
你品着窗外的雨水频频举杯吗
曾经美好的时光都在雨中

现在，我不能迎风淋雨
但我依旧喜欢雨的淅沥和清新
洁净天空的烟尘

道声再见（七首）

每一次

每一次，我用手把胸口掏空
像一个不会捣乱的布娃娃
流年是梦，但一闭上眼睛
山花烂漫，小河一路环佩叮咚

每一次，回头眺望山脉
晚霞没有一缕绝望
只是火焰还在大海的身旁
草木有情，我亦从容

每一次，我都是你心上的那根刺
有些迟钝，也时隔多年
不知道我的左手还能否剪断
绕过右手的丝线

一个习惯

我习惯把右手放在额头上入睡
像是无休止的思考

我在梦里没有听到熟悉的声响
也没有人解答我的疑惑

如同世间的种种遗憾
多是在轻狂时留下的火种
你总是习惯地站在秋风里
隔窗望着远处的树林

当我渐渐清醒
从一个千万里的小路回来
我们说好去看远处的树林
你却说，秋季的树不会发芽

遥远的角落

月光里，秋千和风一起摇曳
我和你的影子缩短又被拉长
连同乡村的夜
看得见月光却看不见你
是那样的近又是那样的远
放飞了一只鸟儿
在遥远的角落
只有几片雪白的羽毛

独舞

探戈的节奏回荡在幽暗之中
若是在旷野，在灿烂的星空下
我会思念梦里的红日
不知疲倦地奔向有光的地方
恍然之间，我在忽明忽暗的灯光下
在舞池的中央旋转着自己
像一个透明而孤单的高脚杯
一张张脸面只剩下迷离
一只只举着酒杯的手也有掌声
我知道大家有了干杯的理由
但我看见一个离去的背影

天冷了

天冷了，几只青花瓷碗
被我安静地放在高处
每一天，我都会仰起头
擦拭，清洗，发出最轻微的声响
随后，温柔地放好

下雪了，我注视着高处
轻抚无名指的骨节
有一点凉，有一些轻微的硬
而你的手呢？还有这些碗
会不会感觉到冷呢

咖啡厅

悠扬的萨克斯和以前一样
我要了一杯摩卡
搅动可爱的心形

你轻松地说起往事
一支烟，朦胧着墙上的油画
我只是听着，应答着
尽量不去想象，不去追问
阳光洒在你的身上
闪烁出优雅而又虚幻的暗影

一大把玫瑰依然在桌上
还有一杯冷却的咖啡
白云飘过的天空蔚蓝如水
海鸥飞离了一片云的方向

太凉了

门开着，你在沏茶
留一个空位给我，不远不近
来去自由的雨滴
在窗外淅淅沥沥

就像我们之间的话题
潮湿而冰冷，我看着水汽

弥漫在你的世界
我对你说，都过去了

你抚摸了我的脸庞
像是一种道歉
但你一直沉默不语
我起身说，太凉了，保重

细碎的生活（六首）

一段经历

感谢回春的慈悲
为我去除了深藏的病患
让我重生在明媚的晨光下
备感熟悉的温暖

燕子低飞，花香馥郁
雨后的小城更加水绿
有人问起近况，我总是轻描淡写
似乎比以前还要健康

我将头发剪短了一些
保持衣着整洁的笑容
继续散步买菜，晾晒被褥
只是比同龄女人多了一些沉静

平常而健康

不要叫我
自然的清醒，站起身时

才觉得自己平常而健康

一个个习惯的白天
有时在菜市场，有时在办公室
有时在树林里随便走走
我最喜欢将劳累的身体靠在沙发上
一针一线地给女儿织件毛衣

往往这个场景
让我感到微妙的幸福
让我在忙碌中转过身来
等一等岁月的雨雪
落在一个刚刚苏醒的初春

回家吃饭

我时常为平凡的小事
感到眼角的潮湿
比如风雪过后寻找食物的鸟雀
踮起的小脚
像我，在黄昏的阳台上望着落日
想着女儿肩上的书包
会不会太重

比如在垃圾桶里
寻找矿泉水瓶的老人家
她吃过饭了吗？晚上住在哪里

我能帮她吗？怎么帮她
一抬头却不见了她的身影
赶忙跑下楼，却没有找到
我想起了母亲，赶紧跑上楼
却忘带了钥匙

我要给母亲打个电话
说我晚上回家吃饭

买菜

我走得很快
携带着风的清香
几只麻雀落在路边的木椅上

在人来人往的市场
没有我认识的人
大部分都是问价的老年人

我买了几样女儿爱吃的菜
欣喜地看见一篮子蒲公英
花蕊仿佛可以挤出水来

烟火

这个夏天与去年一样
没有什么特别的水果

抖去大衣上的灰尘
我和往日一样，只管低头
放下那些烦忧的事
清洗含有农药的青菜
此刻，烟火比时光重要
我需要的仅仅是
比习惯还要重复的习惯
让太阳花开在围裙上
让流水含情，让蔬菜有爱
让锅碗瓢盆奏起交响
让柔软的手心
渗出细密的微小的满足

一个人

上帝让你活着
希望相爱是劈开长夜的闪电
头颅持续发烧
里面全是点燃的火炭

身体颤抖不已
松动了体内所有的螺丝
一声咳嗽，如弹出剑鞘里的剑
所有的冰块都被融化
吊瓶的液体都化为空气
成了飞越在天堂和地狱之间的云雀

你即将离开了身体
但能听见雪落的声音
太阳就要升起
你从长梦中惊醒
病房外传来熟悉的脚步声
一定是你的宝贝
窗外的空气和雨水洗过的青山
你的目光在尽情奔跑

永远的痛（八首）

很长的一天

福利院的墙外
青草仰头望着天空
大地在我的脚下
我匆匆地走了进去
望着里面许多的人
有一个人和我很亲切
但她已不认得我
从晨钟到暮鼓
过去了半生

一天，突然变得很长
我感到眼底湿润
这使我走得沉重而又缓慢
树阴萧瑟在路边

悬挂在枝头的雨滴
打湿了一天
风，吹过小草的细腰
没有人注意我
我隐约听见骨头里的咔嚓声

最大的雪

天空暗了下来，雪花纷纷
我跑进霎时就白了的院子
掬起一捧雪，却有一种纸质的声响
在焚烧绝世的繁华

我回屋点亮一盏油灯
外婆给我呵气的双手如揉皱的纸
泛出微黄的饭菜的味道
我是她从小养大的蜜蜂
在小院里飞来飞去
也是院外黄土地上长出的艾草
清瘦而孤单地伫立

夜晚披上银光疾走如飞
我拽紧逐渐熄灭的影子
一个变大，一个变小
而雪越下越大，下得疯狂
我没有哭，但止不住泪水
一场最大的雪为谁而下

老式怀表

在不能再瘦的十字路口
鸟儿都已入睡，夜晚寂静

你并不察觉，陡然间
雪就覆盖了一切

你触碰到了天空最初的盐
那是鹰才能抵达的地方
风，随之而来
似乎带走了什么

你什么也没有说
一只老式怀表
在雪地上滴答作响
而村庄突然静了下来

我们的问候

秋风凝视着的大地
我们的问候
也披上了一条保暖的围巾
上面的花纹是你喜欢的图案

一片火红的枫叶
陪伴我走过无数的秋天和春天
可我怎么能走得这样慢呢
让你等待的相见成了遗憾

我向你的故乡深深鞠躬
羞愧地俯下身来

摆好鲜花和果品
落叶像雪花一样飘下

你已不再忧伤
可亲的笑容盛开在墓碑上
燃烧的火焰，沉睡的大地
都是一片肃穆

纪念堂弟

十月，我们埋葬了他
看了一眼他宁静而陌生的睡姿
风卷起了漫天的白蝴蝶
然后落下，铺满山冈

点亮的灯盏烧毁了昨天
冷风在耳边呼呼吹响
把一个人的一生
有条不紊地缓缓道来

一年后，我在山坡
采摘了三十朵小花
发现很多我不认识的人
他们曾经去了哪里
只有秋雨洒在无字的碑上

他们在雨里，在风中
献花、上香、烧纸
我不是他唯一的亲人
只能跟在大家的后面

随雪而去

我刚巧把手伸进衣兜
大雪就开始纷飞了
守候的人仿佛是一截树桩
希望你也回忆起来
准备度过一冬的柴火

晚风，让时光细细地执笔
皎洁的月色躲进云层
按捺不住的雪花纷纷飘摇
我们开始玩耍躲猫猫的游戏
雪花轻轻地落在你的头顶

你随雪隐没，藏进土里
很多年了，到处找不到你
燃烧的背影渐渐熄灭
我不敢触及风吹两岸的萧瑟
更不敢踩在雪上
听见咯吱作响的声音

十月的云团

十月的云团
是我的体内驰骋千万匹烈马
焚烧池城的烈火直冲云霄
火焰中的影子如一缕气息
婆娑成一个吉祥图案
回眸时，却无影无踪

逝去的亲人又增加了一个
我们走过蜿蜒的小路
有人唤我姐姐
我只嗯了一声
便捂住自己的嘴唇

干燥的山坡

亲人的墓地就在干燥的山坡上
水声还在很远的地方

天空似乎暗了，我们沉默着
都在陵园的栅栏外
只是被栅栏分开
但没有割断

水声仍在远处
风从我们身边掠过

守护天真（六首）

如梅傲雪

一支湖笔，如梅傲雪
纷纷扬扬，梅在雪中浅笑
一纸墨香，寄给鸿雁
洋洋散散，雪在眉间留白
一行带晕的月，行云流水
一枚红印，把酒共斜阳

一幅画

一场阵雨之后
山坡上的野菊花
湿漉漉地铺满村头
与正在吃草的羊群多么亲近
水雾渐渐散去
但还留着大地的清香

这样的消逝让我眼角潮湿
应该再等一下
在色彩斑斓中成长的孩子们
还有槐树旁微小的生灵

我拿起画笔，为孩子的画
补上一轮初升的暖阳
尽管转瞬已近暮色
可我和孩子们需要的是
美好的一天，美好的开始

雾罩

让我慢下来的是雾
还有什么能比雾更慢
一只毛玻璃的巨碗扣着大地
远处的钟声慢到了停止

太阳不知去向
草木似乎不再生长
孩子们挽着小手慢慢地走过马路
人与自行车互相扶持
前面的脚印被后面的脚印
一遍遍地覆盖

红围巾

开始是乌云接近大地
寒风送来零星的微雪
枯萎的落叶被吹得很远

在这个冬天，人们打着招呼
连不安分的麻雀
也踮起小小的脚尖
谈论着温暖和食物

女孩子系着破旧的红围巾
和小麻雀一起
叽叽喳喳地叫着
另一些男孩子在路口玩耍
用冻红的小手指给我看
他们作文本上的白雪公主

红棉袄

下雪了，如镜般映照着我的脸
细小绒毛一样的雪花
缝补着昨日的缺憾

在雪白而崭新的世界
鸟兽隐藏了身体
红艳艳的小棉袄跳跃在远处
唱着歌谣，扭着小小的腰肢

一个长得极像女儿的孩童
甩着小辫向前奔跑
一转身似乎就要跌倒

我连忙加快脚步
喊出声来

雪，似乎停了一下
让我看清扶起孩子的母亲
我们都将接受岁月的风霜雨雪
接受逐渐长大的心疼

木偶

小小的木偶
在舞台中心手舞足蹈
有时欢喜，有时悲愁
更多的时候像一个醉酒的流浪者
跌跌撞撞地踏进另一个世界

我被木偶逗出了笑声
笨拙了一点，却是真挚的感动
尤其是洁白无瑕的云河荡起涟漪
万丈光芒平静地向我铺来
今晚不会失眠，木偶变成了白猫
依偎在我的怀里

相遇或相识（八首）

樱花醉

倘若一个古典女子
步履轻盈，在樱树下
在一架古琴前
一簇簇的粉，一瓣瓣地落

柔软的叶，无声的雨
琴弦的悲欢跳跃于指间
我走过木桥，站在不远处
收拢江南的伞

一位歌手

在昏暗的路灯下自弹自唱
悠闲自得，却充满了忧郁
夜幕似乎洗去了白昼的油彩
只留下一点一缕的水痕

站在桥上的歌手如同雕塑
清澈的眼眸里开出坚韧的花朵

有时候，聆听一首歌曲
比欣赏一幅画还要心无增减

我只是路过，停下了脚步
听完一首熟悉而又亲切的歌
我悄然原谅了曾经的伤害
再次坚信善良和美好

舞者

一声轻微的叹息
在风中舞动足尖
星辰便是碎了一地的节拍

飞跃的顷刻
扬起漂亮的弧线
所有的沙漠都扑向了大海

把长发献给了心中的神
腰肢在音乐中流淌
灯盏映出会唱歌的倩影

跃过世间的火焰
云在高处洒下斑驳的晨露
大地的嘴唇立刻红润了起来

十万朵莲花一齐盛开
一双双飞舞的翅膀
散发出夺目的光芒

乞丐

在长长的喧闹的街头
一个乞丐在寒风中
低声说着同一句话

我已多次见过她
都会给她的盒子里放些零钱
不管她是生活所迫还是专职
那是她的生存方式

我只是匆匆离开
觉得看见她的眼神
听到她的谢谢
都会令我不安

分别之后

举杯的时候
二十年前的同学互相祝福
怀念开花的季节
然后是依依不舍的告别

大家慢慢地向前走着
街边的路灯将我们的影子
缩短几分又拉得悠长
一枚树叶徒然落入我的怀中
带来霜降的寒气

一棵棵银杏树通向明天
一片片银杏叶落在路边
没有风，但树叶在落
城市的落叶化不成春泥
谁来守护来年的春天

一起散步

春风吹乱了我的长发
迎春花开得有些执着
一大片柠檬黄十分耀眼
那些流逝的时光
又一次温暖我的胸口

一阵春雨，敲醒落叶
发出沙沙的声响
与几个邻居一起散步
平静的湖面是否在孕育着什么
昏黄里有种轻微的叹息

我们坐在街边的长椅上
几只鸟，落在白杨树上
路边的小草随风轻摇
我望向远处如黛的贺兰山峦
但没有看见闪光的卧佛

青春

嘴唇红润光泽
玲珑的项链时隐时现
鲜艳的指甲闪着光亮
肩上的名牌皮包
和路旁的风景一起晃动
笑声放大，可还是没有藏住天真
几个十七八岁的女孩们走过街头
恰似一股旋风，迷蒙了天空

她们蹦蹦跳跳地走过
我不由自己地跟在她们身后
仿若找到了丢失已久的宝贝
那些似曾相识的岁月
深藏于心底的荒唐、叛逆和任性
如同乍暖还寒的初春
不管风雪怎样猛烈
也阻止不了花朵的绽放

可我已经跟不上她们了
她们跨进了一家歌舞厅
我怔怔地站在
扑面而来的薄暮中

那句话

一个满脸皱纹的女人
牵着一个八九岁的孩子
我没有听清孩子说了一句什么话
只见女人一脸欣慰的笑
加深了她的皱纹
但她步伐更加有力

我与他们擦肩而过
不由得回首一望，那句话
恍然间悬挂在女人的身后
可我看不清到底是些什么字
更猜测不到那句话的意思

女人和孩子已经走进了夜幕
我不能追上去询问
那句话因此成了秘密
一阵微风拂过星海湖
白茫茫的芦花
沙沙沙地轻轻摇曳

心怀感恩（八首）

我的童年

我遇到了童年的惊悚
晨雾停留在茉莉花上
留下暗紫色的痕迹
和漫长的昏睡

我做不了什么
饥饿来自五斗柜上的锁
搪瓷杯里的水早已凉了
古色古香的挂钟再次摇醒了我

我缩在炕角，哭成小白兔的模样
一大片雨后的青草地
瞬间变成了鲜红的胡萝卜
还有土豆特有的味道

小村庄

在七十年代的小村庄
一只青鸟从天空飞过

让梨树上开满了雪白的羽毛
还有超越时空的飞翔

越过沿途烧荒的火
犁过小动物丢弃的窝
生命的种子走向田野
雷电划过，眼睛含泪

大风折断了树枝
腐烂的落叶继续腐烂
睡在下面的人默不作声
蒲公英探出小姑娘的脸

又是冬夜，没有什么需要保存
走出村庄的想法让我一阵阵发冷
我坐在窗前，静静地等待雪花盛开
明亮的星星伸手可触

回不到从前

春日在这里歇息
歌声柔软，有风穿过
微微咸涩的雨

我似乎忘了一个诺言
感到愧疚而又不能回到从前

我在佛前忏悔自己的怯弱
黑夜，长出透亮的红苹果

我还要迟缓一些
让茂密的青草丰盈大地
默默流出的泪水是另一种凄美
比如晶莹的露珠
风中颤抖的花瓣

一盏灯

曾经以为告别
就是黄昏的站台在瞬间拉长了距离
散了，去了，走远了
一个让我惧怕的场景

父辈们的坚韧
将一盏灯放在我的肩上
我小心地向前，平稳地生活
漆黑的夜晚也不感到孤单

可疾病与苦难越活越久
生活成了一种漂泊
今晚，我看到路灯下细微的移动
一只只蚂蚁不再绕开惧怕的物体
而是直接翻越过去

朝着光的方向
在路边与风雨同行

静夜思

在轻微的晃动中
车窗外的树如蜜蜂一般
插上了飞翔的翅膀
红黄绿，都让我充满着想象
火车和风一起钻进夜里
我看不见什么
但知道寂静的夜空里
总会有几颗星星
映照着人间深埋的疾苦
一层掩埋着另一层的雪花
一粒接着另一粒落地的尘埃
让大地足够丰厚
并承载着这个轰鸣的碾压
在夜里，连时间都在转弯
一分一秒地滑过漆黑的头发
再转一个弯就是朝阳升起
在我前面，相遇或者离别
看见的或是看不见的
都值得用心珍惜，这一世啊
说长也长，说短也短

小城生活

生活在这个边塞小城
远处总有一种如烟的青色
来自山口的西北风总是带着沙粒
我已习惯了这些
不出家门或者戴上口罩

但这个小城，时常传来
我喜欢的古典乐声
在黄昏时分，在经过的路边
人们停下脚步，轻声问候

在雾里，在雨中，在街头
桃花、丁香、槐花、月季依次盛开
我常常徜徉其间，一一找寻
微不足道却能抵达心间的幽香
填补岁月裂开的一条条缝隙

或者幻想一下明天的自己
把忙碌的生活变得有趣
让所有的形容词都来赞美
让我的青春再次蓬勃
并且闪现出自我的光泽

改变

雨雾逐渐远离了小城
十年的风雨改变了很多的悲喜
老屋、村庄，还有街铺的喧嚣

人生在世，忧伤总是多于开心
不是我自己寻找烦恼
是很多的事情需要独自面对

感谢一次似曾相识的结缘
让我感到精神天地里的一束光芒
重新迎接照耀大地的阳光

于是，我看淡了生活的繁琐
不再哭泣，也不轻易落泪
微笑着度过每一个日出和日落

感谢

感谢清晨小鸟的鸣叫
深深的呼吸令我十分喜悦
窗台上，一寸镀金的阳光
让我看见婴儿的笑脸
一朵白云拂过楼顶

门前的槐树肯定开花了
顿时，浓郁的芳香挤进小窗

这时候最适合发呆
我的亲人、朋友、认识的人
甚至是伤害过我的人
纷纷从眼前掠过
一再出现并围在我四周的人
都在我的生命之中
我感谢他们给予的关爱

我也感谢伤害过我的人
他们的无事生非使我落泪
可也使我像小草一样倔强
开出一朵朵五彩缤纷的花
如一条小溪向前奔流
哪怕是滋润一小块干旱的土地
我也心甘情愿
情愿沉默为一块石头

卷三

心在山水间

星海湖畔（十二首）

另一端

从星海湖的一端到另一端
是绿。依次挺立的芦苇
是绿如蓝，渐渐地远去

饱满，莹润，连同落日下的苇花
恰巧倒映在湖的一端
而另一端已被点燃

苇丛

我期待的星海湖
是故乡的一弯月
却迟迟不肯露面
连一如既往的蓝也在躲闪
四周的芦苇没有想象的绿

野鸭、灰鹤躲进苇丛
岸边的笑声会躲在哪里
只见三两朵白云

轻轻地吻了一下湖水
像棉花糖，荡起一湖的甜蜜

苇花

当星光洒满大地
我能看到一团团洁白的芦苇
在星海湖上用力地站稳脚跟
它们已经开出洁白的花了
只是静静地站立着
被风吹弯时，苇花低头又努力抬起
和我真的有些相似

落叶

星海湖的雾没有散去
在芦苇荡中过了一生
大地无言，堆满厚厚的落叶
我不忍心踩在上面
更不愿听到一些折断的声音

风啊，请把落叶带走
把它们带到该去的地方
让我抵达星海湖的芦苇荡
找寻那朵丢失的花

秋意

在我身边行走的人
在秋天，便显出了不同
我走路的姿态
也多了一些沉稳
随风摇摆的柳枝有些懒散

一些微小的生灵
在路边留下可以感到的痕迹
我总要提醒自己小心翼翼
去观察它们的去向
为它们设计一个春暖花开的北方

这些年来，春夏秋冬
我想着过去的每一天
相互搀扶的手逐渐缓慢
同行的人也有些衰老
昙花刹那，雨水幽凉
明年的秋天会是什么样子
可有合掌等待的相约

小舟

芦苇轻荡，薄雾贴着湖面
一叶小舟停在苇丛旁边
没有留下一丝痕迹

谁从一滴露珠开始
静静地聆听鸟的歌吟
让自己开出黄灿灿的花

小舟承载过的一段往事
依然清晰，像一条水路
从此岸到彼岸

一个秘密

喜欢从不可知的高处落下细雨
一条小溪在心底潺潺流淌
喜欢孩子的眼睛流露单纯
默默望着夕阳渐沉的背影

生活的过程已无关紧要
蝴蝶依旧孤单，忽高忽低地飞着
水鸟的鸣叫没有谁会在意
在星海湖畔散步的人
谈论的话语被风吹远

水草在顷刻间长成一湖的风物
清澈的水里，一条大鱼游向我
我把一个秘密交给它
它会帮我问候沧海
我会踏上回家的小路

伫立湖岸

斜阳，是一团纯粹的火
让我看见一枚果子坠落的过程
头顶上的枝叶，还很茂密
很想与一座青山畅所欲言
闪耀的光点瞬间小了很多

此刻，我不知道何去何从
站在星海湖边思绪万千
想着大雁飞过去了多久
归期又在何时

秋天的路有些萧索
克制不住自己会走神，并且落泪
但我要微笑着等待，坚定地仰望
等待一场雨，遥望一座山

黄昏的影子

走向黄昏，连绵起伏的沙
环绕着清澈晶莹的星海湖
是晚霞浅笑的酒窝
留不住风尘中的容颜

夜色在大地上一笔一画地涂抹
黄昏的身影忽隐忽现
连空气都虚无缥缈起来
轻风吹乱了我的发丝

一阵阵箫声从耳畔拂过
黄昏细碎地走过湖面
如同月光翻过一本书的扉页
惊起苇花纷纷飘扬
还有鸟儿，归巢于眨眼之间

风停了。我在沙滩上
将黄昏的影子和我的承诺深深掩埋
等待与明天的黄昏相遇
把银色的苇花戴在我的手腕
在夜里闪烁光芒

谁在桥上

月，正在升起
缓缓地，隐约了起来
连我的手也感受到了
清淡的光，温润而细致
还有瑟瑟的秋风
桥下连绵的水声忽远忽近

月，一点点地上升
有一只大鸟飞过日暮的天际
星海湖上的木桥
轻轻摇晃了几下
好像真的还有一个人
也在桥上

倒映

我追随着风的方向
从遥远的山下赶来
当云朵染白了漫长的黑夜
我在奔驰的马背上遥望故乡

是星海湖，倒映着飞翔的梦
湖面上的蜻蜓嬉戏如初
一群可爱的孩子嗅着花香
另一匹白马展开翅膀
与我并肩飞向远方

冬天似乎来得太早

我在晨雾中惊讶，并且疑惑
今年的冬天似乎来得太早
墨绿长裙只穿过一次
南风召唤着雪花匆匆落下

一夜之间，城市里最高处的洁白
让我不断仰望
而星海湖的冬天
一直都是这样的苍茫和坦荡
还有些许的神圣

我在城市的中心忆着往事
在星海湖的岸边想着遥远的海岸
现在，我多么想
日子，不要和晨雾一起消散
让门前的合欢花开得再热烈一些
让我手中的相机再快那么一点
留住今年最后的秋天
还有最好的安排

青藏梦想（十八首）

青海湖日出

在一个名叫黑马河的小镇
帐篷外的星星与我一样，眨了一夜的眼睛
湖水的波涛声伴随着我的呼吸
海鸟的鸣叫声一遍遍拭擦着东方的鱼肚白

一丝红色的朝霞渐渐染上天际
一个红色的小点露出湖面，跳跃了一下
把水墨荡开，给湖面洒下万道金光
透出无边的深蓝，还有我发丛中的风

转眼之间，人群散去
一群蝴蝶漫不经心地飞来飞去
我一人站在湖岸，仿佛在等
能带我登上日月山的神奇的白牦牛

比天更蓝的湖水之下是燃烧的火焰
我不由得一遍遍想你，可你现在哪里
连同手臂上清凉的绿松石一起想你
把自己想成一块孤独的石头

巨石突立

青色之海躺在大通山和日月山的怀抱
芨芨草上挂着湖水退去的拥吻
倒淌河没有公开龙王的前世今生
野菊花的倒影里，一根龙须蜿蜒向西

你不在身边，我孤独地走在人群之中
懒散的霞光向我伸出援助之手
在未来的某一天某一刻
可有一场擦肩而过又蓦然回首的落雪

巨石突立，让我停下朝圣的步履
历经千百年的风雨而沉默不语
这是一种什么样的力量，并且来自哪里
与小草荣枯的力量可有不同

依偎巨石，一家藏民搭起帐篷
燃起篝火，一阵暖意使我唱起歌谣
黄昏中，我捧起一块石头走向圣湖
一群斑头雁，纷纷飞向鸟岛

纯蓝之后

越过高山之后，天蓝成一种通透
落入青海湖里，深不可测

水天一色处，藏羚羊的足迹隐隐约约
你是风吗？我摸了摸油菜花嫩黄的小手

一个女孩站在湖边歌唱
她可是文成公主的后裔
黝黑的皮肤、黝黑的发辫和清亮的眼眸
把羊群放牧到天上

黄昏仿佛凝聚在我的长发上
远处的鼓声冥冥之中收缩了一天的翅膀
一切不解的谜和所有未知的事
都成为苍茫，并沉入湖底

我在她的身后停下脚步
越过她的肩膀，一座寺庙在云雾里闪着金光
没有什么能让我如此无法呼吸
那该是塔尔寺，到处都是飘扬的经幡

蓝色的黄昏

蓝色的黄昏吹来暖风，是你的手吗
我还能在一朵浪花里梦想连绵吗
那些浩瀚的星空，神灵庇护的高原
明亮的灯塔唆使我踏上心灵归家的路

一个身影摇摆不定，谁在叹息
我不被打扰。蝴蝶的踪影还在眼前

与自己对话，湖水的浪涛轻轻回荡
阵雨过后的黄昏，妩媚得似曾相识

露台上的小碎花含着雨滴
油菜花的天空将我从头到脚地笼罩
我再次梳理青黄不接的短发
多么静谧啊，远处的金银滩

青稞酒的醇香久久萦绕，却无人对饮
铺满金子的湖水令我不敢多看
猛然想到小螃蟹，今夜会长出月亮的壳么
我捡起倒淌河边散落的星光

一杯露水

高原的雨猛烈而且短暂
连天接地的旋风扭动着白蛇的腰
令人担忧的影子或长或短
精致的木屋里，飘出男女对唱的民歌

每一根阳光似银针遍地生花
无名的鸟儿落在绣满春色的彼岸
是生命就需要阳光的照耀和雨露的滋润
再将云朵举过头顶，放到山水之上

我需要一杯芬芳四溢的露水，如祭海的宝瓶
装有青稞、小麦、豌豆、玉米和蚕豆

还需要经幡和七月十五明亮的月光
沿着长九百九十九米的栈道走向祭台

将能够找到你的心愿装进宝瓶投入湖中
所有的牦牛都笑眯眯地伫立原地
白马的耳朵充满咀嚼青草的阵阵声响
我在跋涉的源头听见圣湖的心跳

一支箭

汽笛划过我细腻光洁的手臂
高原的阁楼上闪烁着迷人的光晕
仿佛鸟儿的翅膀在睡梦中扇动
月光弥漫了湿漉漉的手帕

圣湖，为了文成公主的传说
我佩戴珊瑚朝着海浪的方向
油菜花的火苗展开期盼的所向披靡
心中强烈的想念喷出一阵阵狂风

几只鱼鸥从头顶呼啸而过
浪花泛起一层层灰色的泡沫
是梦是醒？我需要一个眼神撕开寒冷
然后像风一样抚遍所有的油菜花

当我用细黑的眉笔在额头画出一支箭
你无边的千手抚过我的发际

星星的语言纷纷垂向大地
一钩月儿，噘着调皮的嘴角

久别的驿站

扯开金色的帷幔
刺眼的阳光遗忘了昨夜
风儿这样清凉，这是七月吗
你是否闻到了春天的花香

时间一遍遍绕过刀锋上的旧伤
风雨过后的岩石似乎说着血液的秘密
面对一望无际而深不见底的青海湖
你在沉默如金，又在轰然作响

分不清挂在树梢的是眼泪还是珍珠
长发披肩，可是对童年风筝的怀念
而湖里的美人鱼已会说话
她的泪水被王子轻轻啜饮

曾经的九龙吸水
是浪涛还给乌云漫无边际的爱恋
在雨中看见牛郎和织女
久别的驿站比月光还要透明

合十祈祷

一个人的足迹留在青海湖的沙滩上
咸涩的湖水在我的眼眶荡来荡去
几匹跑累的马就着汗水咀嚼冰草
悲凉自心泛起，自然美景尽是人工雕痕

唯有天边的落日目空一切
给所有的未来佛都镀上了黄金
九个神秘的头骨盛满烈酒
十万花朵同时盛开，十万大鸟遮天盖地

脚下打滑，鱼儿逐渐懂得海子的分量
穿梭于水草，还有千年一瞬的因果
我放飞思绪之鸟，飞向西藏
在七月的大昭寺，与月亮结下尘缘

月儿越来越弯，星空外还有什么
鲜血涌向至高无上的合十祈祷
潺潺的流水带走一切纷扰
是你？是风？在萋草丛中抚慰雨丝

淡紫色的忧伤

与风相遇，在人迹罕至的村落
没有格桑花那么真实，却有轻巧的凝视

夏末的冰湖潜伏着反季节的绵绵阴雨
于是，片刻欢愉和漫长煎熬都已开始

湖水一滴滴地汇集在冰雪堆积的峡谷
我的瞳孔漆黑如夜，看不见你
也无法丈量华丽与单薄的区别
不顾一切的远行让我饮下一杯毒酒

与其让醉倒的蝙蝠舍弃纷飞
我更需要纤尘不染的荒凉
不管是熟悉的还是未知的青藏高原
等待，不会无缘无故地消亡

汗水的味道和小草的露珠一样晶莹
你为我披上晚霞淡紫色的忧伤
眼前的经幡飘起亭亭玉立的炊烟
在风中，不是为了沉醉，不是为了歌唱

旋风如酒

车窗外的一缕缕光线
无数次地涌动，如婴儿闻到乳汁的气息
松烟的力量在米拉山口无限延伸
眩晕的尼洋河终于平息了弯曲

旋风如酒，把我拥进炙热的胸怀
在炉火的照耀下，一次次纵容表情

喷香的酥油茶从头到尾渲染着挎刀
我在月光下缝补贫穷的内心

假设没有一片叶子能够表达雨滴的爱情
就没有人能够走出长夜的孤单
可你把编织花环的故事
不经意间告诉了一阵不经意的风

在玛尼堆上结下个小小的红果
胆量、执拗，以及荒诞的想法迎风诞生
黄昏中的布达拉宫一片金碧辉煌
一个孩子贴着红墙酣然沉睡

蓝白相遇的河水

在尼洋河的巨石上悬挂一面镜子
河水有蓝有白，反射放大万倍的细小微尘
木桥在来回晃动中依赖于坚实的胸膛
你谈起超脱凡俗的因缘，无比真实

去吧，去那憧憬的高原之巅
丝丝缕缕的星光让我雍容华贵
历经百年的沉睡与时光的打磨没有关系
闹市中心的那座雕像黝黑发亮

凹陷的纹饰和线条繁盛如初
半开半合的门扉，刺痛了多少吉祥的格桑花

只为松赞干布剪去几朵水袖里的忧愁
转山转水的歌谣痴迷了情人的耳朵

九只苍鹰飞过南去的商旅
荆棘的尽头生长着一直向上的雪峰
开满菊花的脸庞向我微笑着挥手
一块发光的银子在空中走来走去

七月初七

古树掀动着山峦，漫天的水
半坡的红林，为了一朵白云而驻足
谁用一根木棍搅拌着汤锅里的盐巴
被忽略的大地才是最真切的依靠

来往的灯光笼罩树冠的朵朵金黄
我聆听着，沙沙沙的脚步声越来越远
七月初七，我执意让胸口飞出一只白鸟
一江沧水，立时啄空了婆娑的世界

淡淡的烟雾隐退了灰白的语言
无法相见，你在清澈见底的溪流里千回百转
如玉的石子拥有一颗不凡的心
碰到阳光的一角，发出银铃的脆响

沉睡的遗憾不代表雨季的奢望
落叶中闪现两条不同的山路

我依偎在树下欣赏精巧的木梳
爱美的鸟雀暗暗地朝我凝望

必经之路

路边的野果架起硕大的网
顽石向着白狐逃窜的方向张开怀抱
阁楼之窗倒映着风情万种的脸
在蓝色水晶的阳光里艳若桃花

照片没有流露心中的秘密
相依相伴的麻花辫自然下垂
拉萨的女人总是迎着阳光踽踽而行
连精美的转经筒都在哼唱

我在窗前剪出指缝间的一弯浅月
乌云顿时遮住布达拉上空的荣光
桃花在深深的马蹄印上依然盛开
一群牦牛成了洒满山坡的念珠

而起伏的青草不停地询问身旁的风
如果你是来生石前大彻大悟的弟子
我就是睫毛下的一行行泪水
疲倦地洒在你必经的路上

寻找海洋

漫步在银色的海子滩涂
海风大声地宣布：让众鸟栖息吧
我托起一片羽毛，擦亮额头上的星辰
你是汹涌的浪花，发出彩虹的光

在高原寻找海洋，流浪的歌手寻找流浪的听众
每走一步都是艰难，都被岩石咬住步伐
而我并不后悔今夜的漆黑和空旷
彼岸的雨定会淅沥成一个小小的海

也许是海水咸了又甜，风中的承诺方能相信
黑暗中的深渊才是苦寻的栖身之所
让汩汩的血脉涌便全身，哪怕窒息
让容颜摇曳风帆上绝美的霞光

七月的纳木错，天蓝成另一个传说
与凤凰的祥云一起飞翔
你把原始的面具舞成燃烧的夕阳
让我在海底拨响自由自在的琴弦

距天最近的泪水

直到现在，我依然怀着种种不真实的思考
没有哪一种器皿能够承接距天最近的泪水
回忆的烟花熄灭在相望之时，或在千里之外
空灵而博大的胸怀让我的虔诚频繁缺氧

不仅仅是绿松石里的冷艳争夺万千宠爱
还有一颗星球对另一颗星球的深情一瞥
永远有多远？你徜徉在浩瀚的虚空
林芝山谷里充满了最初的渴求

如期而至的蜂巢，在窗户的左侧建造天堂
一盏烛火，连同我无知的心久久不能入眠
凝聚在银镯里的时光，削铁如泥
急切的担忧敲打归去的日子

洁白的哈达献给大地匍匐的信仰
铺天盖地的长跪，从转经筒里跳出九个太阳
天葬时的沉默，山鹰的锋芒毕露
擦亮了白昼里的点点磷光

曾经失忆

向往的天空，没有飞鸟
白云倾洒出一方水蓝的珠帘
没有人惊讶，街道上闲散安逸的话语
黝黑的姑娘把彩虹编在我长长的发辫上

忽隐忽现的你，一只臂膀裹着棉袄
半边身子淋湿在沼泽的边缘
月亮在水波里看不到鹰的利爪
俯冲的石子留下一山的沧桑树种

走出困境的决定睁开虚弱的眼睑
潮湿的解说令我不安，也让我有些疯狂
探求尽头的僧侣和通天的牛羊遥遥相望
失去悲伤的水草，将倾城的情缘一一斩断

我把化作黑雨的意识，交给主宰力量的嘴唇
并且惦念着曾被神灵掌控时的失忆
而榆树的根须驱赶着千里之外的哭声
如同祭祀的鲜花，在凋零之时拼命燃烧

归期如箭

高原上亮起遥远的星光
风声夹杂着羊群的咩叫呼呼作响
懒散的夜晚，对坐在凸起的山石上
冰凉的寒意诉说夏季不满的情绪

高原时刻保持着谨慎或者祈祷
我知道神圣的雅鲁藏布江生生不息
又一个离奇的节日，人们载歌载舞
无比温柔地抱起天边的铜马

落日随意挥洒水波里期待的黄金
一路上铺展山猫斑点的毛皮
在传说不同的城堡里留下远去的齿痕
一些融化在七月，一些守护在玛尼堆旁

怎样才能唤醒如箭的日期与你相遇
让飘荡在高原上的孤寂成为永远的回忆
我的肩上落下纷纷细雨
迎面而来的风拂过沧海里的帆

石头旁边

鹰在天空盘旋，鱼在湖里游荡
叫不上名字的树又发出了新芽
被高原的阳光点染得更加嫩绿
连每一块石头都显示出生命的恬静

我席地而坐，是要学习石头的不惧风雨
不管日出月落，不管你会不会坐在上面
更不管你是风是雨，是人是神
石头都在默默地守着高原的圣湖

在我低头冥想与信仰有关的问题时
石头旁边有一群黑眼睛的蚂蚁
它们从一个小洞里纷纷搬出土粒
在洞口堆出一圈小小的山

据说蚂蚁挖洞预示着即将下雨
刚才还只有几朵零星的白云
转眼间就成了一群奔跑的牦牛
我在雨中想念塞上的家

走向贺兰山（十八首）

春寒料峭

执着于风中的攀登
身后喷薄而出的是漫天云霞
我的太阳还在贺兰山后

赶路的猎人旋起阵风
风中的露水把月牙刀磨得无比锋利
瞬间穿透无边的黑暗

浪花只在水底盛开
沿着积雪融化的方向
历经的冷暖足以万箭穿心

我来自大海，想点亮蓝马鸡的梦境
追逐漫山蝴蝶的翅膀，只是花还未开
等待就是堆了一山的巨石

隔着似曾相识的春寒料峭
星辰隐去，篝火已凉，我一阵哆嗦
虫鸣中传来熟悉的脚步声

一个梦想

捧起草丛里的积雪
贴在干裂的嘴唇，并没有熄灭胸口的火焰
眼看着岩羊逃脱而去，又在远处望着我

我衣衫单薄，被无边的苍茫覆盖
贺兰山巅，依旧戴着雪的皇冠
阳光照不到的雪堆点缀着山坡

雪也会留恋人间，躲在山上
鸟瞰山下灯光闪烁的悲欢离合
最初的诺言藏在崖底的石头下

山泉从石缝里涌出半坡的星星
白云飘过漆黑的眼睛靠近山神
我真想停留在风雪交加的夜晚

让那些毛茸茸的小手拽住我的发丝
让千万朵雪花变成五彩缤纷的蝴蝶
让我完成白雪公主到蝴蝶仙子的转换

夜森林

我闯入夜的黑森林
竟然感到无边无际的灯火
一个星星跳出，压低了天空

所有的梅花都在孤傲积雪
根本无视我的冒昧打扰
只把芬芳吐向乍暖还寒的山坡

风定花静，细微的声音都是巨响
只在此刻，才能感到什么是心灵的震撼
超越高耸入云的想象

我静静地坐在一块石头上
感觉自己的内心世界，正在风起云涌
天人非合一，色亦不是空

可我分明感到一种混沌
是天地一体的无言之妙
只是我还知道自己坐在石头上

偶遇桃花

猎人仿佛还在河岸
他望向大山的眼神有些沉醉
他把梦乡洗成水色又为自己点亮灯盏

时常怀念狩猎的奔波
一个猎人的尘世，大雪纷飞
祈祷天上的云朵不要遮住日月星辰

感觉贺兰山的命脉，苍凉雄伟
一粒石子，一钩月牙，一些蒲公英
携儿带女地把芬芳散发在故乡

整个贺兰山都是猎人的家
转过身来，一树桃花笑语盈盈
他在无色无味的时间里悄然落泪

猎人蹲下身体，双手抱头
那些如烟的岁月，那些流淌的血液
由一树桃花洒得漫山遍野

古老的力量

我曾从海边出发，逆流而上
寻找生命的源头，经过黄河，经过沙湖
沿着一条小溪来到贺兰山下

在阳光的另一面，我看见深绿的脚印
一群水鸟为朝霞锦上添花
花草敞开怀抱，老鹰来回盘旋

当满山石头接受了阵雨的酣畅
回忆如树，伫立在时断时续的民歌中
一棵青涩的小苗在摇晃中长大

婆娑的树影之后是远行的长河
萋萋芳草随风摇曳，我放开嗓音
呼唤那只迷途很久的羔羊

如果叹息不再清晰，梦才会开始
伤痕成为图腾的标记，古老的力量
在我的血液里汹涌奔流

凝望山峰

我凝望山峰时敲乱了鼓声
步步生莲的故事
使心底的月亮长出嫩芽

北风源源不断，翻越目光的尽头
一些心事隐藏在山后的树阴里
洒下一地薄薄的霜

是谁忘记了并肩飞翔的时刻
从徐徐山风里寻觅那种刻骨铭心的味道
我的弓箭缓缓下沉

原来自己也是一块历经沧桑的石头
小女子也会有大丈夫的情怀
远处黄河的涛声送来一朵丁香花的异香

太阳落下，可以想到与山巅相撞
晚霞如血。但我一无所获
连一朵朵山花也没有在意

露珠滚动

在大梦初醒的草丛里
岩羊以箭的速度跃过峡谷
一只野兔瞬间变成石头边的石头

一条条蛇窜出草丛，蜿蜒而去
在清晨，乌黑的头发长成芦苇
曾经的堤岸被一枚羽毛猝然击溃

一滴滴露珠互相追逐，碰到一起
顺着树干流下，被阳光抹掉了痕迹
一颗琥珀会挂在谁的胸前

无数的红宝石荡漾在眼里
雁阵从我头顶掠过
泉水流过石头，石头长出青藤

贺兰山已无羚羊，也无角可挂
我像一条鱼，想起一只大手
山间充满了端午的味道

纠结

猎人躺在斧头的背后
所有的箭都射在蹄印上
他像一匹战马，却被山所困
从苍茫的咽喉进入历史
追逐鹿群的古人都被石头珍藏
猎人的梦里是一野无边无际的麦浪

我想起腾格里沙漠的边缘
仙人掌的翅膀上开出泪花
暴露了我和猎人内心深处的纠结

我们都想放下所有的猎具
与所有的猎物成为朋友
可是山上没有一粒粮食

而山下的世界早已与他无关
行尸走肉的生活更不是我的习惯
一个颅骨，请指出婆娑世界的方向

如梦的墙

森林依旧，遍地的野花争先恐后
岩羊眺望，岩画上的头骨盛满美酒
时光猎人，沉陷在苏峪口的往事里

我追不上岩羊，只采了一些贺兰蘑
捡了一朵野桃花别在发间
放开自己，唱一首漫山遍野的山花儿

小溪流过的山坡洒满阳光
山上的石头都会来到这里
并一个个地跳上去，垒成如梦的墙

和着枯枝败叶的泥土会钻进石缝
挡住风的刀刃，蛇的信子
还有我浑身会起鸡皮疙瘩的毛毛虫

我会在向南的门旁种上两棵桃树
在山坡上种上茄子辣子西红柿
再把猎人变成农夫

双塔之间

贺兰山的太阳瞬间跑到山后
垒砌一间挡风避雨的石屋真是力不从心
阵风来后，阵雨造访

御风而行，猎人游荡在黑白之间
拨弄丛林中的不解的谜
即使走遍所有的山口也会一无所获

拜寺口的晨钟暮鼓在冥冥之中摄人魂魄
对视几百年的双塔依旧怀念着西夏
我从一个塔走向另一个塔

两个塔之间是一个白昼或者黑夜
是我与猎人之间无法逾越的距离
是游牧的天堂和人间的苦难

盛开于心底的莲花不需要依靠
也不需要阳光的照耀的雨露的滋润
今后，谁会在双塔之间行走九十九个来回

湖水微荡

我以整个星海湖的水
濯洗贺兰山伟岸的身躯
山谷里回荡着另一个自己的歌声

湖畔的垂柳曾是一支岁月的剑
一堆篝火留下影子的忧伤
一个疯狂的想法使我身心长出翅膀

向着雨水飘洒的方向
一幅幅锦缎在悬念里徐徐展开
梅花鹿，莲花台，白马寺，尽是禅音

是谁抛下一个天罗地网的漩涡
将我安顿于水晶之宫，让我看清了世界
只是说不出话语

阳光被乌云挡在天外
月光捡起斑斓的石子
湖水微荡，鸟鸣渐渐远去

饥饿的夜晚

猎人赤裸着躯体，仰卧在山坡
他的眼睛如水墨的天空
倒映着一朵云，不再离去

一树繁花留下了浅浅的背影
大海的召唤只有我能听见
建造一艘小船，在黄河上载我顺流而下

谁的内心中还有桀骜不驯的性情
平常就像星星隐藏于白昼
夜晚又躲在更多的星星之后

夜色越来越深。倾听大山的声音
是对饥饿不断袭扰的最好抵御
身心都很难为一，天人相差十万里

在梦中，猎人把图案穿在身上

架着山鹰，背负着神圣的祭坛
走向山下，每一步都迈向黎明

倚靠夏日

我倚靠夏日的山坡，蜂蝶入梦
走过蜿蜒的小路，拔出佩剑
遇见咆哮的洪水，淹没双肩
无人结伴，有人散落在棋盘上
那些深情的鸟鸣唤不回丢失的石子
冰冷而又光滑的墓碑没有泪水

骤变，一条小道颠覆了未来
漂浮在水面上的稻草最终沉没
大地对万事万物都是慈悲的宽容

我从高处俯瞰，像一只苍鹰
老虎、豹子、马鹿纷纷成了传说
贺兰山可有乌克兰的狼

十万山羊下山，保住了草根
如今却是岩羊成灾
还请放过山洼守护秘密的菖蒲

秋雪

再次凝视落日，反观自己的心

凄美的晚霞使山峰更加鲜亮
天外传来咚咚作响的鼓声

谁说苦难都覆盖在弱者的头上
只要历经磨炼，就能撑起心的天空
看见月亮中最明亮的部分

雪落在不该落的季节，可我不冷
雪后的草木有些泛黄，但我能看见
其中的绿意，连长发都被山风轻轻飘起

零星的雪花变成了蒙蒙细雨
一声声蛙鸣好像来自山下，送来水的词语
比如滋润万物，生命之源，大善若水

今夜，一棵树会长出一个新的年轮
白昼的尘埃都被送回大地
沉向草根，再开出五彩缤纷的季节

佛光

曾经的猎人葬在贺兰山麓
与西夏王陵遥遥相望
我躲进贺兰山，肯定想逃避什么

是城市的猎人还是庸俗的生活
或是自己沉静不下来的心

可能想到的肯定都在意料之外

贺兰山早已没有了猎人
猎人在另一个世界守护着驳马
藏得很深的光芒偶尔也会凌空跃起

就像天马一般瞬间飞过五百里的蜿蜒
一串紫檀手链高过头颅，越来越紫
融入了我一心向美的气息

夕阳西下，我所在的时间和所站立的地点
恰好看见贺兰山巅仰卧的大佛
放射着普度众生的光芒

向山忏悔

循着远去的溪流晃动着刀柄
无所畏惧的遐想在天空弥漫
静坐时，不曾惊动蜜蜂的颤动

夜色和白天一样
真相总是被一层层地覆盖
烈酒让躯体变软并能燃起熊熊火焰

曾在湖水中端详自己
低下头颅，清洗猎物的前世今生

我的双手笼罩着迷蒙的雾气

如何洗去那只岩羊无辜的眼神
洗掉岩石上一摊血的记忆
恍然如梦，我们该怎样忏悔

火焰，让心灵升起一直向上的气息
短暂的痛苦之后，是鱼儿回到大海
是鸟儿的断翅上长出羽毛

放低自己

在命运的坎途中放低自己
卑微的生存，没有了曾经的愉悦
白鸟在注视中飞向远方

一片阳光抚平藏宝的山坡
西夏往事已被遗忘了几百年
笔画繁复的字刻在贺兰石上

遒劲的苍松，把根扎在石缝中
一年四季默默献出绿色
几只松鼠在枝头悠闲地跳来跳去

一匹孤独的狼在山顶悲鸣长嗥
紫色的马兰花绽放出另一个晨曦

其中一朵落在我的眉间
我将沉重的步履丢在溪岸
透过氤氲的雾岚眺望久别的小城
所有的枝叶都指向苍宇

挥别

被阳光吻醒，满腔都是鸟鸣
从春到秋，离别在即
贺兰山，低低地呜咽着飘落的红叶

芳草渐黄，蚂蚁搬运食物
几只野兔惊恐地钻进草丛
鹰的翅翼掠过枝头

我收拾好自己的行装
带上被山风吹醒被山泉洗净的心
挥别一草一木

虽是告别，却没有丝毫的忧伤
太阳已经照亮每一个山角
山泉上开满了洁白的莲花

眼里有了光明，四面望去都是晴天
心里有了山泉，滋润的不仅是草木
并与泉水一道流回大海

跋：只是喜欢诗歌

对我而言，生活在一个小城市，第一次出版诗集，并列入宁夏诗歌学会的丛书，心里的确感到一种难得的温暖。

对诗而言，在喜欢与爱之间，我选择喜欢。与我之前写过的小说、散文相比，我喜欢诗歌的单纯、自由和洒脱——可以随意地阅读，读诗以外的书；可以随心地去写，在网上文学社当管理员时，写了就贴上去，那种强迫也是一种磨炼；可以写在稿纸上或者写在电脑里，只是很少给报刊投稿；也可以不写，家庭和社会、生活与工作、亲人及朋友，还有很多事情需要我去面对和承担。所以，我做不到像别人那样酷爱诗歌，不能心无旁骛地去爱，也不会一心一意地去写，只能把爱安放心间，一如从前。

16 岁时，受家庭的熏陶，我开始写作，发表了几篇作品；36 岁时，想起曾对母亲许下的诺言：我只有继续写作，不管以后怎样，母亲才会欣慰。可这一晃已过去了二十年。在世纪交替之际，我再次选择了诗歌，喜欢静坐一角，就着一杯清茶，把苇花雪白、湖水微荡、星光璀璨、路灯明亮，还有记忆深处的一情一景都写进诗里。我喜欢大自然，喜欢风的灵气、花的绽放、雨的敲打、雪的纯洁；更感恩大自然赐予我生活的勇气和力量，让我面带微笑，走过电闪雷鸣的黑夜。

父母的养育之恩是大恩，铭刻在心。我自知远不及父亲的天资聪慧，也不及母亲的勤奋好学，加上我的任性散漫，虚度了许多美好的时光，深感羞愧。在此，我郑重地向父母道歉。

感谢亲爱的老妈为我的第一部诗集作序，她虽不写诗，但她的文章给我启迪，她的生活充满激情；感谢丈夫和女儿支持我写作，为我作品的发表感到高兴；感谢喜欢画画的女儿，为诗集画了插图。

更要感谢老师的鼓励和朋友的信任，在我徘徊困惑的时候，郑正、陈勇、杨梓、薛青峰、牛学智等老师，还有网络上的诗友，他们关心我、帮助我、激励我。每当我想起各位老师和朋友，就会觉得愧对他们的期望。我懒懒散散地写了这些年，不知道写了多少首，有些幸存下来，有些找不到了。这次整理出 170 多首诗歌，不过是远去的一些记忆，显得青涩浅薄，谈不上进步。

感谢宁夏诗歌学会为我们提供了出版诗集的机会，我在修改诗作时，一直忐忑不安。因为我写诗实际上是写日记，就是一段人生历程的文字记录，而要结集出版，心里真是诚惶诚恐，不知道该说什么，只能一遍遍地说：谢谢！谢谢！

2016 年初夏于阑珊阁